歩いてるわたし

Yuki Mukai
向井ゆうき

文芸社

青い、青い空の下

まだらに日焼けした肌も
ささやかな　膨らみも
ひきつったように残る傷あとも
心にポッカリあいた大きな穴も

すべて風にさらして

すべて光にさらして

太陽がうつむいて
夏の終わりが近いことを知った

花びらも、葉までも枯れた姿
夏は完全に終わり
熱い恋も終わった

根ごと引き抜かれ
この場所から消えた、ひまわり

あなたの心から引き抜かれて無くなった
ひまわり……
私みたい

あんなに強く、激しく、気高く
咲きほこっていたのに

次の季節には勝てないなんてね

わたしは生きている
このからだは生きている

よく見て、わかって、愛して！

この世におりたった
その日を目前に

わたしのからだは
赤く、強く、生きている

水の中で、水草をすりぬけ
ガラスの向こうを　じっと見ている

楽しんであげる

笑ってあげる

ここは穏やかよ

お祭りのよわった金魚とはわけがちがうの
私は強い金魚

静かに、でもずっと見ていてあげる

雨のとおり道

雨のあしおと

雨がすべてを洗い流してくれるのなら

わたしは歓んで　雨にぬれよう

バナナの葉の上に並んだ
白くやせた骨

月がもっと白く　照らす、照らす

愛する人を
愛する友を、家族を

おいて逝ってしまった
その涙を

月は白く、白く照らす

魔法使いの手のひらの中

さあ、目をあけて
よく見てごらん

その健康な手足、熱いからだ
ピンク色の空

素敵な１日が始まるよ

約束がないと不安

どうしようもないの

あなたはいつも口をとじている

どうして自分の彼氏に片想いしているんだろう……

あなたの言葉も、しぐさも

ダイヤモンドのかけらみたいに大切に

大切に、拾いあつめているのに

いつまでたっても

この手の中には

あなたをちゃんとつかむことはできないね

私の熱をわけてあげる
月だって太陽にかわるくらいの
強い「信じる力」

誰ともちがうよ

通りすぎない、石もサジも投げない
あなたが背中みせても

私にはあるよ、「裏切らない力」

幼い頃
三日月だけが本物の月だと思ってた

今は大嫌い

独りなのを
からだに刻みこまれる様で

私はいつだって満ちていたい
たとえ　独りであっても

ふたりで歩いた道
毎日、彼をおもって歩いたこの道

明るい月の下、白く曇ってるカーブミラー

ひとりで歩く私なんか　うつさないで

淋しい顔、悲しい顔
魂ぬけた　あたしの姿……

そんなもの、うつさないで

今、こうしている瞬間も
このからだの中で
細胞分裂　くり返されてる

確実に。幾度も、幾度も

新しい生命——

私はどうしようというのだろう

あなたはどうしようというのだろう

ごめんね、ごめんね、ごめんね

あなたがいる時
満ちた顔してた、あたし

それなのに　ごめんね

あなたの分までしっかり生きるね

バイバイ。

ほんとうに
わずかな温度でかまわない
凍えたからだをとかすには

今は冷たい雨でもいい……

いつかそれは頬をつたい
心のすきまにしみわたり
少しずつ、少しずつ
私をあたためるだろう

こんなにひどい排気ガスの中で
深呼吸なんかして

なのに楽になった気がした……

目をあけなさいよ
耳をすましなさいよ

いくんだよ
目の前の道が　どんなでも

幸せそうな人々の群れの中
私はいったい
どんな表情で歩いているのだろう

ものほしげな、虚ろな瞳をしているのだろうか

褪せて街から　消えているのだろうか

強く、何かをみつめられているだろうか

色濃く、確かに存在しているだろうか

逆境は　あたしの味方
いつだってそうだったじゃない

だって　こんなに忙しいんだもの
現実は　どこまでだって続くんだもの

いったい　いつ
パワー溜めろっていうの？

今がチャンス

逆境はあたしの充電期間

〝プレッシャーなんて自分で与えるもの、
他人にかけられるものなんかじゃない〟

ずっと──そう思ってた

なのに違和感、イレギュラーだよ
ちょっと……走りすぎちゃったかも

バランスを失いかけていた
幼い頃あそんだ丸太渡りみたいに

彼は恥ずかしそうに笑い
手を差しのべて
私に合わせて歩いた

私の心の鎧は
〝いらないもの〟になっていった

彼の声は　とても静か
だけど　私に必要なだけの温度をくれた

彼の話す言葉は　とても真剣
その端々から
笑っちゃうくらい彼自身がにじみでていて
私に再び　勇気をくれた

実は照れ屋なところも
そのくせ　たまに言うジョークも

丁度よかった
最後に残された扉のカギは
まちがいなく
ピッタリだった……

励まし合うことなど、必要なかった
心のキズの舐め合いなど
あなたにも、私にも

ただ少しずつ言葉を交わし
少しずつ互いを知り、ほほえみ合う

そのわずかな時間が
いつしか
モチベーションへとなってゆく

めまぐるしい時間の砂漠に
一つ、やっとみつけたオアシス

人は安心感を持って初めて
深く健やかな眠りを得るのね

夢心地な、甘すぎる恋じゃ味わえない

あなたは現実の生活の中で
私を求めてる
私のからだの隅々にまで、清らかな力を与えてくれる

それが何より私を幸せにする
あなたの腕の中では
安心して眠ることができる、深く、深く――

一瞬一瞬が　悦びに満ちている

全然かっこよくない
とてもフツーな　あなたの生活

いつもそのどこかに私がいるのね

ゆっくり育てしましょう
大切な時間を、ふたりの空間を

あなたは　とても普通な人
私に悦びをプレゼントしてくれる
私に平穏な心をプレゼントしてくれる

私は　あなたの中にいる

うす紫の空に
貝殻の裏側みたいな色した金星

あまりに美しくて

あまりに儚気で

守ってあげたくなる

泣いていいよ
この両手ですべて抄ってあげるから

ふたりの時間は　とりあえず休止符
いつか嵐がおわるまで

この嵐をのりこえるのは　あなた
そして、わたし

そう呪文をとなえて
歯をくいしばって
幸せだった時間に守られて

さあ、いきましょう

生きているのよ

運命を動かすのは　占いじゃない
私の生活をつくるのは　占いじゃない

私の目で見て
あなたの目で見て

見極めるのは、自分よ

歩くしかないじゃない
自分の足で

だって

私の恋は　どんなテキストにも載ってない

いやだ、いや、助けて

叫んでも　届かない

悪い夢だったらよかったのに

私の生命を、人格を
野獣は　喰いちぎっていった
己の欲するままに
ズタズタに……

助けてよ……
「私」を返して　彼のもとへ

ごまかしても、ごまかしても
剜《えぐ》られたままのキズ

深すぎて、痛すぎて
耐えられない——

〝楽にしてあげようか〟〝君の中の泥を殺してあげる〟

わたしの心も体も
支配しているのは、汚いキズ
汚らわしい爪痕

自分を救いたいだけなの
止められない
あなたが止めて

私が自分ごと消してしまう前に……

あなたに再び会えるのならば
この手は
私を生かしましょう

私の汚れきったからだを
浄化して――

他の誰でもない、あなたに
助けてほしい

洗っても洗っても、まとわりつく獣の影

私は――ひとりで戦うしかないのですか？

このからだに　まだ

美しいものが　残っているとすれば

それは

あなたへの思いだけ

視界が　ドクンてなって
揺れて……
暗い空が降ってきた気がした

あたし死んじゃうんだ——

だけど私は生きていた
強く打ちつけた頭はガンガンし
腕と膝のすり傷からは
まっ赤な血がにじんでた

涙はなぜだか出なかった
痛みから逃げてはいけなかった

いっぱいのものを　与えてくれてた
優しく、温かく、誠実に

私がいつのまにかどこかで
落として　忘れてきてしまったものまで
そんなものまで
あなたは　あの短期間のうちに与えてくれてた

ありがとう、ありがとう

それが宝物になった
それが私である証だった

私はあなたに
何かを与えることはできていたのだろうか

ありがとう
これからも私である証

強気に振るまって、笑って過ごす昼間
チェーンをかけずには　眠れない夜

消したくても消えない過去の事実
とり戻せない　からだ

こんなに震えていても　自分しかいない
自分で、進んでみせる

私がついてる
私は負けたりなんかしない
全部、チャラ以上にしてみせるから

あなたは　存在そのものが
わたしの支えだった

あなたの名前を　ひらがなのイメージで呼ぶのは
あなたの温もりが確かだったから

だから
辛いとき、あなたの名前を呼んでもいいですか？
心の中で、何度もくり返していいですか？

あなたが好きだったアロマキャンドル
今は私が灯してるよ

静かな音、やさしい温度、ほのかな香り、揺らぐ空気
そしてゆっくりと
涙する……

独りになることで　人は強くなるのかな
私は強くなって、成長しているのかな
でも、思うの

愛がない人って、とてももろく見える
はかない強さしか　持ってない気がする

ねえ、あなた
私はそうはなりたくない
あなたにもそうはなってほしくない

ふたりで来た公園
一緒に歩いた小径……
〝反対まわりに歩いたら、あの頃に戻るかな〟

そんな叶いそうにない願いも
今はない接点の前では
なにより強い支えになる

高くたたえられて　流れおちる水の輝き
風にのってただよう　花の薫り
ささくれだっている私を癒す静けさ

呼吸しよう
あなたが教えてくれたこの場所で
私は生きるから
いつかまた、一緒に歩きましょう

噴水の音が　耳にやさしい
あなたの声みたいに　全身のしこり拭い去る

日差しは　あなたの掌くらいあたたかいよ
私を抱きしめて……

こんなに離れていても
その気配は　すぐ隣に感じてる

きめたよ、今日は「あなたの日」

胸いっぱいに　空気をすいこんで
心の中の
嫌なことの居場所がなくなっちゃうくらい

優しくなれる、笑えるよ

遠くで見守っていてね
忘れないで
いつか私があなたを癒すまで

30年前のこの日
あなたがこの世に生まれてくれていた
その喜びを
今の私はどうやって伝えたらよいのでしょう

できるのならば
あなたの苦難を全部吸いとってあげたい
あなたの人生を豊かに、穏やかにしてあげたい

未熟で無力なこの私に
たった今だけその力をください、神様

あの人が少しでも楽になれるのなら
その分、私に痛みをください

そしてこの日の最後に
私のささやかな愛を彼のもとに届けてください

闇は私を癒しつつも
寂しい孤独に、過去の恐怖におとしいれる

せめて、どうか
季節のあしおとを幾度もきいて
たくさんの見えない宝石を身につけて
もう動けなくなるくらい歩き続けたら……

暗くて長いトンネルの向こうから
同じように必死に歩いてくるのが
私のすべてを受けいれるべく両手を広げているのが
あの人でありますように——

赤い椿の花びらが一枚
どこからか
足元に舞いおちた

会えなくても、何ひとつ話せなくても
気持ちを通わせるスベがなくても……
ずっと繋がっていると
信じることに頼る私に

まるであの人からの何かを伝えているかの様に

心の奥底に隠してきた
パンドラの箱

長いこと　かたく閉じられていた
その厚いフタが弾けとんで

言葉になれなかった感情たちが
いっせいに溢れ、飛び散って

辺りが埋めつくされる、その時

壊れるのかと思っていた——
私はとり乱すのかと

でも私は崩れなかった
なぜなら
それらは全部
大切な「私」の分身なのだから

あなたの部屋でいつも流れてた曲
あなたがつける香水のテイスト

身の回りに漂わせて
あなたを近くに感じて過ごす日々
そうするしかなかった

私しか知らない　ポケットの中
２人分の固く結んだ　お守り

ああ　どうか
この思いが彼に届きませんように
私のつのる想いに
気付くことなく
前を向いて歩んでいけますように——

蒼い天を仰ぎ、咲き乱れた
眩しいほどのハクモクレン

その潔い、鮮烈なほどの散り際に
渾身の祈りを
叫びを
きいた気がした——

私にできることは
まだまだ残されているのですね

「私」をとり戻すためには
支えが必要だった

頼れる人は誰も、誰もいなかった
あの人との思い出だけが
私の生きる支えだった

それ故に今、私は呼吸をしている
それ故に時々、悲しくなる——

でも大丈夫
今度は私の「これから」を支えにするから
信じるものは私の中にあるから
そう、胸はって、今は言えるから

バラの葉のアーチをくぐり
大空を仰いで
目を細める日曜の午後

あなたは何をしているだろう

まだ戦い続けてるのか
好きな女性と過ごしているのか
このからだを一瞬にして蝕んだ記憶に
舌なめずりしてるのか

どうでもいい——
それぞれの時を過ごせばいい

私のどんな感情だって
最後には
私を豊かにしてくれるのだから

杖をつき、足をひきずった老人の
左手に大事そうに
大事そうに握られていたものは

古新聞にくるまれた　まっ赤な……椿の枝

誰に捧げられるのか――

その肌をしっとりと朝露にぬらし
主人の手の中で
身を寄せ、ふるわせ、
数分後からの自らの役目を演じきる
心の準備をしている

鮮やかで、悲しげで、力強い、赤い、赤い椿

辺りの音をすべてのみこむかの様に
静かに、静かに降る雨

しとしとと、細い糸のように
艶やかに――

梅のほのかな香りごと、あの人の心にしみこんで

走り続けるしかない
守り続けるしかない

あの人のからだを潤して
あの人の心を癒して

菜の花の黄色がきれい
一面をうめつくす、春の彩りのとき

こんなにも美しく見えるのは
凛として生きているからなのですか？

見返りの欲しい私にも
マネすることはできるでしょうか

受けとめてくれる人が欲しかった
ずっと、ずっと小さい頃から

大人になって自分の体を
もてあますようになっても
同じ寂しさは　かわらずに胸の奥にいた

けど今度会ったら

あなたをおもいっきり
抱きしめてあげる
その苦しみも、辛さも、疲れも
私が
受けとめてあげる

彼の膝に手をおいて座る
彼女の細い指に自分の指をからませて歩く
腰に手をまわしてショーウインドウを覗く

そんなたくさんの「ふたり」たち

私はいま「ひとり」だけど
なんて素敵なんだろうって思う

互いの温度を感じあうことは
無条件に
素敵なことだと思えた

日溜まりの中で
羽を休めてうずくまってる

どんなにおいしそうなエサを撒かれても
急いで飛んだりしない

ねえ、君、一歩一歩、歩いていくのはなぜ？

のろまなんかじゃないよ
飛べないわけでもない……
マイペースな鳩くん、いいんじゃない

私も見習うよ

爆弾をかかえていても
だいじょうぶ
笑っていられる

それが私にできることなら
よろこんで
笑顔でいてあげる

けっして強がってる訳じゃないの
守れるものが在れば、それでいいの

もどかしくて――
時間というものをとびこえてしまいたくなる
けっしてそれは　許されないけれど

でも、本当は気付きかけてる

きっと
たくさんのことを経験して
たくさんのものを吸収するために

人間は時を刻んで生きることにしたんだね

手をつないで
帰宅途中の親子

真新しいランドセルに黄色い帽子
着古したスーツに黒いブリーフケース

少年に「す」がまわってきた、しりとり
「す～き。大好きだよ、お父さんも、お母さんも」
ふたりの笑顔があまりにも眩しくて
かすんで見えた

そんなルールのないしりとりをできる
素直な気持ちが羨ましかった
私もとり戻したかった

著者プロフィール

向井 ゆうき（むかい ゆうき）

1977年生まれ。

東京在住。

歩いてるわたし

2001年12月15日　初版第１刷発行

著　者　向井《むかい》 ゆうき

発行者　瓜谷 綱延

発行所　株式会社文芸社

〒112-0004　東京都文京区後楽2-23-12

電話　03-3814-1177（代表）

03-3814-2455（営業）

振替　00190-8-728265

印刷所　株式会社平河工業社

ISBN4-8355-2939-1 C0092